Cris Lisbôa

meu coração diz teu nome

Rocco

Copyright © 2023 *by* Cris Lisbôa

Direitos desta edição reservados à
EDITORA ROCCO LTDA.
Rua Evaristo da Veiga, 65 – 11º andar
Passeio Corporate – Torre 1
20031-040 – Rio de Janeiro – RJ
Tel.: (21) 3525-2000 – Fax: (21) 3525-2001
rocco@rocco.com.br|www.rocco.com.br

Printed in Brazil/Impresso no Brasil

Preparação de originais
IRIS FIGUEIREDO

CIP-BRASIL. CATALOGAÇÃO NA PUBLICAÇÃO
SINDICATO NACIONAL DOS EDITORES DE LIVROS, RJ

L75c

Lisbôa, Cris
 Meu coração diz teu nome / Cris Lisbôa. - 1. ed. - Rio de Janeiro : Rocco, 2023.

 ISBN 978-65-5532-391-7
 ISBN 978-65-5595-230-8 (recurso eletrônico)

 1. Ficção brasileira. I. Título.

23-86170
CDD: 869.3
CDU: 82-3(81)

Gabriela Faray Ferreira Lopes - Bibliotecária - CRB-7/6643

O texto deste livro obedece às normas do
Acordo Ortográfico da Língua Portuguesa.

Para Fernanda Lisbôa, que me fez entender que eu seria capaz de encontrar, nas minhas palavras, a voz que contasse esta história.

Respire, respire. Conte até dez, até vinte talvez. Daqui a pouco ele vai se transformar em outra coisa, o momento presente. Qualquer coisa inteiramente imprevisível? Você não sabe, eu não sei, ele não sabe: os momentos presentes não têm controle sobre si mesmos.

Caio Fernando Abreu

1

Não sou invisível.

De vez em quando, esse é exatamente o problema.

As pessoas me enxergam de verdade, sabe? Não me foi concedida a capacidade de, por exemplo, sair agora, entrar em uma sorveteria, dizer "metade creme inglês e metade chocolate, por gentileza" e então caminhar na calçada enquanto penso qual será o cheiro de Deus, quando vou me apaixonar por alguém, acho que o sapato fez uma bolha no meu pé, que inveja eu tenho de quem se chama Francisca.

Mas verdade seja dita...

Há uns oito anos eu não sabia que não era como devia ser: parcialmente transparente, capaz de fazer parte de qualquer paisagem ou até de ser confundida com outra moça qualquer. "Nossa, você se parece com a minha prima!"

Nunca me aconteceu.

As pessoas sempre se demoram me olhando. Algumas fingem que não, levantam o queixo e balançam a cabeça de leve, procurando alguém que deveria estar logo atrás de mim, outras sorriem sem mostrar os dentes, como se isso dissesse "tudo bem você estar aqui". Quem não disfarça também não me machuca.

2

Se eu fosse outra pessoa, também olharia pra mim.

Essa roupa de carne, sangue e osso com a qual a gente caminha pela Terra costuma ser bastante óbvia e, apesar de ser variada em cores e formatos, costuma ser desprovida de detalhes poéticos como uns pontinhos coloridos no cangote, minúsculos raios desenhados na testa, uma flor cujo caule começa no lábio e vai até pétalas derramadas na nuca. Qualquer coisa assim, ninguém tem.

Então eu me olharia mesmo, sem disfarçar.

E, se isso acontecesse agora, eu diria que linda.

Se tivesse acontecido ontem, eu pensaria: coitada.

É monstruosa.

3

Vem em quando gosto de ser quem eu sou. Vem em quando, odeio. Não é assim com todo mundo? De qualquer modo, eu só queria não pensar nisso, ser como qualquer outra pessoa, escolher o grau de ilusão em que prefiro viver, acreditar em amuletos, cair, levantar, fazer burrices, descobrir que a palavra arrabalde significa lonjura, me ocupar de uma fofoca, temer consequências, dar conselhos que eu não seguiria, vestir uma blusa sem me perguntar se ela é capaz de fazer com que alguém não se demore tanto assim na minha cara.

4

É uma coisa só. Composta por minúsculos vasos sanguíneos entrelaçados como novelos de lã, ela se esparrama a partir do olho direito, até perto do nariz, engolindo um pedacinho da boca. Se exibe em alto relevo, parece fibrosa, mas desliza ao menor toque da ponta dos dedos, como se fosse impossível se manter ali. Se vista de pertinho, assim, uma pessoa da frente da outra, tem um tom vermelho-escuro como sangue pisado. Quando é lambida pelo sol de verão, desmaia um pouco, fica um rosa cor de lábios recém-beijados. Pra quem olha de *lejos*, é roxa, da cor que o céu tem durante os segundos entre estar azul-marinho e ser noite. Não dói no corpo. E, por anos, não doeu na alma também. Porque só aprendi a ter medo de mim quando o som das vozes das outras pessoas ficou tão alto que parei de escutar o meu. Ouviu?

5

Pra minha mãe, nós nascemos na cozinha. Essa frase parece um arroubo de parágrafo, se por acaso eu escrevesse um romance começaria aqui e então a história caminharia com asas nos pés, falando que todos os dias a gente nasce e morre e é assim pra sempre, até que a gente se esquece de nascer. Enfim. Pra ela, nós nascemos na cozinha. A mãe estava sentada na janela, olhando pro céu e sentindo vontade de comer, desmaiar e parar de ouvir três corações baterem em compasso próprio dentro dela. No céu, as estrelas não dançavam, o que de fato é estranho, porque as estrelas bailam pra espalhar o excesso dos sonhos; é um fardo carregar em si esperanças que não são suas, bem sei. Assim que ela se distraiu, uma fisgada na ponta da coluna fez com que arqueasse o pescoço pra trás, puxando todo o ar do mundo pra dentro de si. Quando ventou internamente, o corpo derramou o mar nos seus pés. E ela gargalhou. Porque até o momento tinha certeza absoluta de que as águas internas das mulheres eram *dulces* como as águas dos rios, sequer imaginava que tinha dentro de si um cheiro que a faria sentir gosto de algas na ponta da língua.

Cócegas no céu da boca.
Medo de submergir no desconhecido.

A dor que atravessava o corpo deu a ideia: usar a cabeceira da cadeira como andador. As mãos firmaram na madeira com uma força de abismo e, enquanto a água lavava o chão vermelho, ela se concentrava em não desmaiar, não perder a capacidade de sístole e diástole, não errar a letra de "alô, alô, responde, se gostas mesmo de mim de verdade, alô, alô, responde, responde com toda a sinceridade".

Quando ela chegou na sala, meu pai demorou longos minutos pra perceber, seus olhos e sentidos estavam como sempre em desconexo descompasso, embora seu corpo estivesse ali, costurando a lombada de um livro que havia perdido a capa. Eram livros assim que ele punha em uma maleta e, semana sim, semana não, levava até o asilo onde um senhor o recebia com bengaladas e gritos. Me traz livro de gente viva, se eu quisesse ler morto tava no centro espírita.

O pai contava essa história muitas vezes e nunca vi ninguém dizer que já tinha escutado antes. Uma pessoa só pode ser distraída se é amável, eis uma verdade das bonitas, mas peraí, quando a mãe chegou na sala ele não percebeu. Ela então aumentou o volume do samba na garganta, alô, alô, responde, responde com toda sinceridade, porque aquela dor tinha levado com ela todas as outras palavras e foram séculos de minuto agindo como uma vitrola quebrada até que meu pai finalmente voltasse pra Terra, jogasse agulha, linha, palavras de outro século no chão, bem a tempo de sustentar aqueles três corpos que desabaram em seu colo, enquanto o mar encharcava o tapete.

No hospital, sete camadas de pele foram cortadas em segundos e há quem diga que eu pulei pra fora, em completo silêncio. Octávia foi retirada a fórceps, uma espécie de colher que é encaixada na cabeça do bebê pra forçar a sua chegada. O instrumento medieval costuma deixar marcas no rosto do recém-nascido, que teoricamente desaparecem depois de alguns dias. Não se notou nada na cara redonda lua cheia que berrava um choro comprido, tampouco na minha.

Três dias depois, quando a mãe acordou berrando pra saber por que a gente não estava mais soluçando dentro dela, seus olhos cor de tempestade gris perceberam uns fios rubros no entorno do meu olho.

Normal.

O hospital inteiro falou.

Mas acho que só eu acreditei.

6

Dez dias depois eu já tinha sido benzida por padres e mães de santo, por uma santinha não reconhecida pela igreja católica, pelo terço da minha vó, por dois missionários da Ordem Primeira dos Freis Carmelitas que estiveram na Bahia durante a guerra contra os holandeses e também por dona Mocinha, que, segundo consta, trouxe da morte pelo menos duas pessoas. Uma delas largou a família, a outra virou cantora de cabaré. Mas isso não vem ao caso.

7

A intensidade emocional do trauma, no instante da morte, é capaz de fazer com que a marca do ferimento atinja o perispírito, nome dado ao corpo espiritual e, com isso, pode criar uma marca no corpo que está se formando na gestação. Ou seja, se por acaso a gente não superar o acontecido, pode renascer trazendo uma marca, um sinal, uma mancha de vinho do porto derramado no rosto.
 Dizem.

8

Bruxas costumam ter a marca do diabo. Uma cicatriz, uma pinta, ambas de nascença, um jeito de sorrir que faz com que um homem seja capaz de entender como a terra seca se sente ao ser molhada pelos primeiros pingos de chuva.

A recomendação é picar a marca com uma lâmina; se não sangrar ou não doer, fica constatado que a mulher em questão é capaz de comandar vendavais, ser dona do seu corpo, dizer não, transformar alguém em cabra. Se a marca de nascença, pinta ou cicatriz doer e sangrar, a literatura sobre o assunto não contempla o que deve ser feito.

9

Os meses trouxeram consigo alguns dentes de leite que nos faziam roer os pés daquela cadeira que já tinha caminhado sobre as águas que nos receberam, alguns traços de personalidade que nos individualizavam e também a certeza de que não havia unguento ou reza que fizesse com que a minha mancha parasse de crescer.

Então meus pais decidiram dar algum crédito pra medicina. E iniciaram uma espécie de romaria, afinal, se era uma doença, havia de ter cura. Foram anos de diagnósticos desencontrados, pomadas com cheiro de cu e revistas folheadas em salas de espera.

Aos cinco anos, Octávia e eu já sabíamos que o segredo da felicidade conjugal eram as mentiras piedosas, que "mulheres elegantes não têm preguiça" e "a esposa deve vestir-se depois de casada com a mesma elegância de solteira, pois é preciso lembrar-se de que a caça já foi feita, mas é preciso mantê-la bem presa".

Quando uma de nós perguntava qual era o problema, a resposta variava: ia de "o pulmãozinho" até "bobagem da mãe", passando por refluxo e alergia. Nunca ninguém foi capaz de dizer que estavam tentando corrigir aquele erro. Que estava bem na minha cara.

10

Uma médica de nome praticamente fictício, Rosa Alegria, decidiu ter coragem. Chamou meus pais para uma reunião de portas fechadas, que Octávia e eu ouvimos toda. Ficamos escondidas atrás das maletas em que o pai guardava os livros machucados na nossa livraria, aqueles que ele costurava pra levar ao asilo, acho que já falei isso, não? Minha memória é um caleidoscópio. Cacos de vidro de cores infinitas dançam em um ritmo que tem seu próprio sentido, cada fresta de luz apresenta uma perspectiva de existência.

Rosa Alegria usava calças, só isso já justificaria que a gente estivesse escutando cada sílaba que saía da sua boca em uma voz em que a letra S trazia consigo um chiado quase assovio e que usava palavras de imensa beleza, feiura, filosofia, saúde, vergonha.

Enquanto a mãe falava, eu tinha certeza absoluta de que ela estava passando a pontinha da unha do polegar no dedo indicador, gesto repetido à exaustão em cada sala de espera de consultório.

Ela falava sem pausa pra respirar. Que a doutora estava completamente errada, onde já se viu, que absurdo, ela era uma mãe amorosa, a gente sabia gargalhar, falar palavras complexas, éramos uma família reservada, que mal tem ser mais reservada, ela jamais me esconderia do mundo, eu era perfeita, ela só seguia indo aos médicos pra não ser acusada de negligência, óbvio que eu não tinha problemas de saúde, aquela carta pro Vaticano não queria um milagre, ela não brincaria assim com Deus, a carta era um pedido de perdão, ela não sabia o que tinha feito de errado pra ser castigada assim, justo na filha.

Qual de nós era um castigo?

11

Não que a gente tivesse parado de frequentar aniversários, casamentos, quermesses, batizados ou merendas festivas. Duas meninas da mesma idade davam muito trabalho, a livraria só fechava às segundas-feiras, a mãe estava sempre com uma enxaqueca que começava na pontinha da orelha e respondia na fronte. A veia que morava na testa dela pulsava como se tivesse vida própria cada vez que alguém queria saber por que ela não tinha ido a tal lugar, qual o motivo da ausência no aniversário da cidade, onde a família andava na noite do noivado da Maria Antônia?

Não sabiam as pessoas que, dentro de casa, a vida fazia cócegas no nosso sangue. Os livros pulavam das estantes, as janelas se abriam para savanas onde pássaros cor-de-rosa voavam até três sóis, para a fada Sininho, estrelas cadentes, apresentações de balé. Todo ano tinha baile de Carnaval, confete, serpentina e meu solo cantando e dançando "ô abre-alas que eu quero passar".

12

Nas tardes de verão em que chovia, a mãe nos ensinava a fazer crescer arco-íris, a coreografia de *Cantando na chuva*, a plantar cenouras e a correr sem cair. Vez em quando ela pedia pra gente olhar pra cima, abrir os braços e fechar os olhos. Então, ela passava o dedo indicador em nosso rosto, pressionando como se estivesse limpando. Demorei uma década pra descobrir que ela fazia isso só no meu. Octávia sempre soube, ela nunca tinha fechado os olhos.

Só não queria me dizer.

13

Vergonha é um substantivo feminino. Segunda pessoa do singular do imperativo afirmativo. No dicionário, um sentimento de desconforto que alguém tem devido à exposição de suas particularidades, fraquezas, defeitos.
  É possível ter vergonha de alguém ou por alguém.
  Sobretudo quando olhamos vendo apenas a nós mesmos.

No dicionário da minha casa, a palavra vergonha escapou das últimas páginas e caminhou sem medo até fincar bandeira na definição das palavras iniciadas com I. Mais precisamente, ao lado da imperfeição. Que aliás, não sei se você sabe, eu mesma demorei anos pra saber, é uma qualidade humana.

14

Tem um choro que lava a gente por dentro. Isso não aprendi, nem sei se é coisa que se ensina, mas sempre soube: lágrimas não são exatamente externas. Tentei dizer isso naquela manhã em que a mãe arrumou uma mesinha de chá no meio da horta. Isso era coisa que a gente fazia muito: vamos jantar fora, e em segundos a mesa tava na horta, mas enfim, tentei dizer isso porque percebi que a mãe estava chorando sem lágrima alguma enquanto dizia que a doutora Rosa tinha conversado com ela e sugeriu que já tava na hora de irmos pra escola e, como ela concordava também, os uniformes estavam encomendados, os sapatos, as meias, as mochilas, os remédios pra enjoo.

— Você deu razão pra alegria? — O pai fez questão de anotar a minha pergunta, achou graça na frase.

Nós duas gritamos ou devíamos ter gritado. Os meus pensamentos davam piruetas dentro da cabeça — todo dia ia ser ano-novo, aquela tristeza devia ser saudade antecipada, nunca mais seria possível fingir que segunda-feira de manhã não existia, almoçar cinco horas da tarde ou perder dois dias lustrando os espelhos de casa, herança de nossa vó materna, que passou a vida mentindo que eles haviam sido feitos com areia do deserto do Saara. Quando perguntei pra Octávia se a gente devia dizer pra ela que vidros são feitos de areia, não espelhos, e que saara quer dizer deserto, ou seja, quando a gente fala deserto do Saara tá falando deserto do deserto ela me disse que era melhor deixar ela acreditando no que queria.

— Nem sempre a verdade precisa ser dita — falou ela, como se estivesse repetindo uma frase de outra pessoa.

— Você mentiria pra mim? — perguntei. Mas não deu tempo de responder, ela já tinha pegado no sono.

15

O movimento mais interno de todos é pensar. Qualquer pessoa pode fazer a mesma coisa que nós, mas jamais ter as exatas ações de pensamento. Falei isso pra um dos espelhos e ele não disse nada; os espelhos costumam ser mudos, até aqueles que passam gerações refletindo pessoas que dividem tipo sanguíneo, sobrenome, predisposição pra amar dias chuvosos.

Apesar de silenciosos, nossos espelhos diziam muito.
O pai se olhava meio de canto de olho, de vez em quando, uma ajustada no bigode aqui, uma conferida na barra da calça ali, nunca se demorava, não tinha perguntas sobre si, que importa a aparência de quem lê?, ouvi ele perguntar tantas vezes, será que um dia alguém respondeu?
A mãe sorria para todos os espelhos, mesmo durante as crises de enxaqueca e nas tardes em que fazia tranças em nossos cabelos enquanto chorava, era como um movimento involuntário do corpo: os olhos miravam aquela imagem refletida — cachos cor de jabuticaba, caindo desencontrados pelo pescoço, olhos acinzentados, como

as nuvens quando chega a tempestade, nariz com a ponta inclinada pra cima —, gostavam do que viam e a boca cor de uva era obrigada a levantar as extremidades, mostrar os dentes, mesmo sem querer.

Octávia e eu não precisávamos dos espelhos pra saber como éramos, bastava olhar uma pra outra. Os mesmos cabelos da mãe, olhos em um tom de castanho que até hoje só vi em garrafas de vinho vazias colocadas sob o sol, lábios que ao sorrir entortavam de levinho pro lado, ela pro esquerdo, eu pro direito. Ela tinha um tufinho de cílios brancos no olho. No meu rosto, alguém tinha derramado uma taça de vinho do porto.

Isso nos fazia gargalhar.

Sempre amei essa versão da história. Foi um custo parar de gostar dos espelhos.

16

Lembro de nascer.

Por favor, não me entendam mal: minha recordação não tem a ver com o momento em que cheguei ao mundo e senti o ar inflando meus pulmões. Tampouco trago informações além-útero, nascer é algo que fazemos por nós, só em raras ocasiões ocorre com bebês. Quando nasci estava aprendendo a ler e escrever. Já havia descoberto que, por exemplo, se eu desenhasse as letras R — O — S — A, uma do lado da outra, elas juntas formavam uma coisa chamada palavra e que palavra é coisa que pode ser entendida de muitos jeitos: rosa tanto pode ser flor, quanto nome de gente ou cor de lápis. Aquelas delicadezas me faziam sorrir para os cadernos, como era possível demorar sete anos de existência pra finalmente ser apresentada a um código de informação? A escola era minha nave interestelar. E, naquela manhã de quase férias, um verão de ensurdecer, fui sem medo algum até a frente da classe ler uma redação. Diante de vinte e seis crianças e uma professora que usava o caderno de notas como um leque, comecei a dizer as palavras e, talvez porque gaguejei em algumas ou pelos segundos em que fiquei em silêncio, tentando lembrar como dizer rr ou nh, alguém realmente prestou atenção.

— Que isso na sua cara? — uma voz infantil, com gosto de deboche, perguntou.

Não respondi. Sequer imaginei que fosse comigo, podia muito bem ser com alguém que estivesse passando na janela, aberta para um corredor onde o muro era cheio de flores brinco-de-princesa. A professora ficou em pé, as gotas de suor que se formavam em seu buço estremeceram enquanto ela respirava fundo pra buscar palavras.

— Não é educado apontar assim os defeitos de alguém — disse ela, sorrindo como sorriem os carrascos, certos de que estão apenas fazendo o que precisa ser feito.

Como eu ainda não sabia desmaiar, pensei em sair correndo, mas meus pés não obedeceram, só baixei a cabeça, pingando lágrimas na sandalinha, falando bem baixinho pra não parecer maluca "corram, por favor, corram". Enquanto isso, Octávia fechou o caderno, levantou-se de seu lugar sem fazer barulho algum, chegou perto da menina que tinha feito a pergunta, girou a mão no cabelo dela e puxou até que a cabeça batesse no encosto da cadeira, fazendo um barulho que até hoje me dá vontade de rir quando lembro. *Tuc*. Quando todo mundo gritou, meus pés me ouviram. Octávia pegou na minha mão, abriu a porta e nós saímos correndo.

Então eu nasci.

Como você deve imaginar ou saber, dói bastante.

Perdi alguma coisa que me era essencial, e que já não me é mais. Não me é necessária, assim como se eu tivesse perdido uma terceira perna que até então não me impossibilitava de andar mas que fazia de mim um tripé estável. Essa terceira perna eu perdi. E voltei a ser uma pessoa que nunca fui. Voltei a ter o que nunca tive: duas pernas. Sei que somente com as duas pernas é que posso caminhar. Mas a ausência inútil da terceira me faz falta e me assusta, era ela que fazia de mim uma coisa encontrável em mim mesma, e sem sequer precisar me procurar.

Clarice Lispector, *A paixão segundo G.H.*

17

Pessoas são galáxias e, perdão pelo óbvio ululante, galáxias têm estrelas. Acontece que também têm outros corpos celestes, matéria escura, buracos, planetas, poeira, gás cósmico.

Tudo coexistindo, de modo perfeitamente confuso, orgulhosamente caótico.

Tipo gente.

Que de vez em quando ri de nervoso, fala o que não pensou, silencia o que deveria ser dito, hiperventila de medo, vai embora porque não sabe existir quando a vida faz o que sabe fazer de melhor: gargalhar dos nossos planos cheios de certezas.

18

— Sou eu seu castigo? — perguntei aos berros no segundo em que entrei em casa.

Octávia estava descrevendo pro pai a cena na escola, sem omitir o que tinha feito com a cabeça loira da outra criança; pelo contrário, essa parte ela contou duas vezes, em ambas fazendo questão de dizer que faria exatamente a mesma coisa sempre que preciso.
A mãe estava enrolada na toalha, secando os cabelos diante do espelho, cantando baixinho pra que só as areias do Saara pudessem escutar. Repeti a pergunta, ela finalmente ouviu e não me abraçou, "não", disse, "jamais, quem falou um absurdo assim?". Em seus olhos não brilhava o ódio que escorria dos olhos de Octávia, eu perguntei de novo.
Ela sentou no tapete da sala.
Pelo menos agora tinha lágrimas.

19

Eu amo você.

Essa frase não existe.

Pelo menos em algumas tribos africanas.

O que existe é: eu vejo você.

E esse ver vai além, muito além do milagre que é enxergar com os olhos, ele fala de aceitar aquela outra pessoa na profundidade de sua existência, com as luzes e também as sombras que ela possui.

Eu vejo você.

Vejo seus medos, suas vulnerabilidades, seu cansaço, suas feiuras, seus medos, seus descompassos emocionais.

E gosto de você mesmo assim.

E fico mesmo assim.

Não é bonito?

20

A mãe foi tratar a enxaqueca em algum país cujo nome fiz questão absoluta de esquecer. Levou com ela todas as malas da casa, três livros de poesia que moravam na mesinha da sala, umas certezas que tinham arestas pontudas demais. Nos primeiros meses, ela enviava cartas com flores secas, e sentir seu perfume na letra cursiva despertava em nós coisas bonitas, manhãs de verão, bolinhos de chuva com cardamomo, céu com nuvens em forma de sereias.

As semanas viraram meses, os meses viraram anos e nós fomos entendendo, assim mesmo, no gerúndio, fomos entendendo que para algumas pessoas é possível ir embora. Porque o que não cabe dentro do seu sonho não pode existir.

21

Vê bem de onde você está indo embora pra sempre.
Pode ser do meu coração.

22

Nós duas fomos brotando. O pai perdeu um jeito de sorrir que tinha, mas de resto era ele. Costurando livros, adivinhando chuvas, anotando frases líricas, sentimentais, sonoras ou espantosas. Eu procurava nele a dor de um abandono e não encontrava. Talvez ele soubesse que algumas permanências podem ser infinitamente mais destrutivas do que as ausências, talvez ele compreendesse o egoísmo profundo do coração da mulher que amava, alguém incapaz de aceitar que sua criação tivesse vindo com uma falha impossível de ser consertada, quem sabe ele se encontrasse com ela longe de nós.

23

Ninguém mais tinha paciência pra lustrar os espelhos, o que não os impediu de seguir mostrando aqueles pedacinhos desconexos de existência que chamamos de vida. Eles viram todas as vezes em que Octávia voltou chorando da escola porque alguém me chamou de manchada, morta-viva, bruxa, amaldiçoada, castigo.

Tua mãe foi embora pra não ter que olhar uma filha limpa e outra suja.

Pode ser.

Eles queriam que eu pedisse desculpas por uma coisa que eu não fiz?

24

Ah, sim. Raiva. É uma gosma pegajosa que caminha pelo corpo e, ao contrário do que pensam, sequer chega perto do cérebro. A razão não dá voz pra raiva, vem logo cheia de argumentos que fazem sentido, a gosma se ressente, resseca, desiste de existir, então ela prefere só escorrer pelo sangue, prejudicar os movimentos de sístole e diástole do coração, envenenar a língua. Quando a pessoa tem sorte, dá pra cuspir. Não sem antes arranhar absolutamente tudo por dentro.

25

Estaria mentindo se dissesse que olhando Octávia eu nunca pensei "se eu não tivesse mancha, minha cara ia ser assim". Já pensei muitas vezes, sei de cor onde começa esse torvelinho de veias sangrantes, se eu fechar os olhos agora consigo percorrer toda sua extensão — em segundos ou séculos.

Perdi muitas noites em frente aos únicos espelhos do mundo feitos com areia do deserto tentando pescar com uma pinça de ponta dourada um fiozinho que fosse, na esperança de que, puxando uma pontinha, todo resto se desmanchasse em alguns segundos, pra que eu pudesse sentir na pele o que é existir sem pensar o tempo todo no que as pessoas sentem ou pensam sobre minha aparência.

Só voltei a dormir a noite toda quando entendi: se eu fosse agraciada com esse milagre sem importância alguma pra humanidade, no dia seguinte eu chegaria na escola e seria exatamente igual a alguém que já existe. Quem quer isso?

26

Gente não é linear. Um coração pode ser sábio, confuso e lúcido antes do almoço. E depois da primeira colherada no pudim de sobremesa, enlouquecer profundamente.

27

Ninguém precisa pedir desculpas por não caber em expectativas alheias. Quando esqueci essa frase que bordei no estandarte fincado na parte de trás do meu coração, morri. Mas isso ainda demora. Agora eu ainda sei. E, porque ainda sei, conto. Você está me ouvindo?

28

No meu sangue, muito. Uruguaio, doido, santa, português, pirata. Nenhum padre, nenhum frade, uns poucos, bem poucos que dizem amém. Isso tudo somado à romaria dos meus primeiros anos de vida, em que a mãe buscava a cura de uma doença que não existia, me fizeram uma pessoa que não reza. Jamais tive vontade alguma de juntar as mãos e dizer palavras inventadas por homens que criaram um deus capaz de medir pecados com uma régua que cabe na palma da mão. Sendo assim, não me ocorreu perguntar para os céus por que logo o meu rosto exibia uma marca que ninguém mais tinha. Aliás, a sensação de ter algo que era só meu por vezes me fazia ter um acréscimo de estima por mim, eu olhava as outras pessoas e parecia que faltava nelas alguma coisa, um élan, um bordado, uma cicatriz qualquer que pudesse sussurrar uma história.

29

À medida que nós passávamos pelo tempo, as carnes preenchendo as blusas, orelhas furadas a exibirem brincos, aneizinhos com pedras coloridas nos dedos das mãos, as coisas ao redor continuavam estáticas. A livraria, o pai, a mesa na horta pra almoçar, a janela da cozinha aberta pro céu, nós duas lustrando os espelhos do Saara. De mudanças, só o fato de que a cadeira que caminhou pela mãe no dia do parto foi colocada lá fora, na chuva, pra ser devorada por dragões ou plantas. Planta alguma brotou na madeira talhada, que se desfazia diante dos nossos olhos já um pouco exaustos de ver tudo que ela mostrava.

Octávia já não fazia *tuc* em cabeças de crianças, embora elas não tivessem parado um só instante de inventar apelidos sem a menor imaginação. Era sempre a mesma ladainha — castigo, amaldiçoada, bruxa, morta-viva, manchada —, ninguém era capaz de inventar alguma coisa, de espalhar que eu era uma sereia-vampira, uma feiticeira-alienígena, qualquer coisa assim. Inclusive, o pai e eu pensamos em criar um livrinho com xingamentos mais criativos e entregar pra elas como presente de férias, passamos o inverno todo pensando em ideias possíveis, testando sonoridades, fazendo combinações: soldada do apocalipse, pinguim de água doce, lágrima de vinho, a gente gargalhava em superlativos.

Quando o livrinho ficou pronto, Octávia rasgou em exatamente três pedaços.

Eu não aguento mais.

Ela disse em superlativo também.

30

Enxergo como todo mundo. Na verdade, não sei, será que todo mundo enxerga os mesmos tons? O azul do meu céu pode ser da cor do manto de Nossa Senhora Aparecida a quem chamo de Cidinha porque não rezo, já falei; enfim, o meu céu vez em quando é assim, mas qual será o azul do manto dentro da tua retina? Explico, porque já cansei de explicar, que os fiozinhos de sangue, teoricamente, não afetaram a minha saúde física, e, filosofias à parte, enxergo como qualquer pessoa lisa.

Sendo assim, exatamente como as outras pessoas, quando tive medo, não vi mais ninguém, nem Octávia.

Até o momento daquela cena de filme em que ela rasgou o livro dos xingamentos não óbvios, nunca me ocorreu que a minha mancha pudesse causar nela algum tipo de incômodo. Tudo bem que me olhar era ver o próprio rosto como se estivesse machucado ou sangrando, mas ela sabia que eu não sentia dor. Física.

31

— Você acha que sou um castigo?
— É uma ideia idiota essa de castigo, faz anos que a gente já colocou um ponto final no assunto.
— A mãe foi embora por isso.
— Não, a mãe foi embora porque é uma egoísta.
— Dá no mesmo.
— Outra conversa que a gente já teve.
— Eu finjo pra não enlouquecer, mas eu sei que foi culpa minha. Se eu não tivesse manchado ela ainda tava aqui. Como será que eu manchei, né?
— Derramaram vinho do Porto na tua cara, deve ter sido ela.
— Besta.
— Não gosto quando você não se importa em ser xingada.
— Eu me importo.
— E por que ri? Por que não berra, não quebra umas coisas?
— Porque não passo o dedo na mancha, então me aproximo da outra pessoa e passo esse mesmo dedo na cara dela, berrando que ela está amaldiçoada pra sempre, né?

— Ia ser legal.
— Eu não posso reagir assim, Octávia.
— Me dá um motivo.
— Porque me acham uma aberração. Se eu começar a gritar, vão dizer que é bem coisa de aberração ser histérica.
— Ninguém ia dizer isso.
— Você sabe que sim.
— Eu não sei. Eu não sei o que fazer.
— Baleia.
— Quê?
— Nada.
— Fala sério comigo.
— Tô falando sério, não tem nada pra fazer, ano que vem a gente muda de turno, deve ter outras aberrações estudando de manhã.
— Você não é uma aberração.
— Não acho que sou. Não acho que ninguém é.
— Então não repete.
— Só tava exemplificando.
— Não precisa.
— O pai ficou triste que você rasgou o livro.
— Problema dele, ideia idiota.
— A ideia foi minha.
— Idiota.
— Desculpe. Eu parei de chorar pra você não ficar triste.
— Desculpe a minha cara não ser manchada também.
— ...

— Dormiu?
— Desculpo.

E foi assim que eu lembrei como é que se chora. Externamente.

32

— Você sempre vai se amar como eu amo você?
— Não. Mas eu queria.

33

Me vi em você.

Se você acha que isso é ter empatia, precisa rever, com bastante urgência, a sua capacidade de interpretação de texto. Porque — é uma pena — não existe gente feita de espelho, sendo assim, se por acaso você mirar alguém e só conseguir perceber a si, saiba que sua alma é analfabeta. Emocionalmente analfabeta, a ponto de sequer perceber que é egoísta.

Aprender a ler pode levar a vida toda.

34

A mancha nunca diminuiu um milímetro sequer.

"Mas também não cresceu." Isso quem disse foi Rita de Cássia, que estava lá quando se deu o acontecido e me apresentou muitas ideias de vingança. Eu escutava pelo engenho de cada ideia e — não tenho por que mentir — jamais achei que seria útil. O que eu ganharia ao dizer "você me machucou", além de um pedido de desculpas talvez acompanhado de um aperto de mãos? Não sei se é possível fazer alguém sentir o que causou, quer dizer, todo mundo sente, em menor ou maior proporção e em distintos momentos, quase as mesmas coisas, o que me pergunto é se somos capazes de ao menos imaginar a dimensão disso ou daquilo no coração de alguém. Se você me machuca consegue saber que me machucou?

35

Quando a gente se livrar do corpo, as únicas coisas que levaremos conosco são:
    os beijos de amor,
    o brilho dos sorrisos que causamos,
    os abraços,
    tudo que a gente aprendeu a sentir,
    todas as vezes que entramos no mar.
    O resto é adubo.

36

Tenho vergonha de falar em voz alta, mas eu não me odeio. Vou repetir que não me odeio. Consigo me imaginar sem mancha porque Octávia existe e esse rosto é nosso, mas eu não gostaria de acordar amanhã e ter a cara dela, apesar de saber que existir seria menos exaustivo. Dá pra entender?

Todas as vezes que me desgostei foi porque me deixei convencer de que a pele que habito não é digna de ser amada. Deve ser o que acontece com todo mundo que descabe.

Por exemplo, o coração sabe a poesia que existe no cabelo que cresce pra cima, em direção ao sol e forma uma coroa na cabeça, nas sardas espalhadas pelas bochechas, pelo colo, braços, no corpo cheio de curvas que parecem ter sido desenhadas, nas estrias que seguem o traçado de ondas, no nariz que lembra as esculturas gregas dos livros de História, na penugem que avança do cabelo até o comecinho da bochecha, nas veias azuladas que parecem aqueles rios que em determinado ponto desaguam no mar.

Acontece que em algumas mãos, essas características se transformam em munição, as plumas viram pedras que ao serem jogadas dentro das pessoas estilhaçam tudo que encontram. Em milhares de pedaços que nunca mais voltam a se encontrar.

37

Quando alguém me olha e permite que a sua boca diga todas as palavras que pensou, não tenho vontade alguma de revidar. Não por covardia ou elevação espiritual; é que eu fico curiosa. Será que essa pessoa se olha no espelho e ama cada centímetro do que vê? E, por se amar, é capaz de apontar na outra pessoa o que ela considera imperfeito, sem ao menos parar pra pensar por uns segundos que é praticamente impossível que a pessoa não saiba exatamente como é, e que precisa ter suas particularidades físicas sendo ditas em alheia voz alta?

Quando alguém ri do que o outro é, onde está a graça? Juro que não sei.

38

— Bruxa!
—Sou.
—Quê?
—Você me chamou de bruxa, respondi que sou.
— Manchada.
—Também sou. Uma bruxa manchada.
—Aberração.
—Você.
— Eu? Olha pra mim, tem alguma mancha vermelha na minha cara, alguma esquisitice?
— Não tem nada em você.
— Então.
—Vou dizer de novo: não tem nada em você.
— Bruxa!
Suspiro.
— Só comece de novo se conseguir ser melhor do que isso.

39

Seu cabelo é tão bonito, por que você não usa pra esconder um pouco esse lado do rosto?

Quem faz uma pergunta assim é exatamente igual a quem quer saber se a minha (inexistente) doença é contagiosa, se sofri um acidente doméstico, se sou capaz de entortar garfos, se meu olho é de vidro.

Imbecil.

40

Uma das coisas que aprendi sendo quem sou é que a boca finge muito. Ela e a língua são capazes de soltar palavras aveludadas mesmo que o coração esteja pedindo socorro.

Me tira daqui.

Meu coração já disse tantas vezes que aprendi a não escutar. Ele não pode sair de onde está, eu não tenho mais idade pra sair correndo quando alguém perde os olhos no meu rosto.

Ser observada e não baixar a cabeça imediatamente é uma dádiva.

E quase ninguém sabe disso.

41

Verdade.

Eu me contradigo.

Discordo do que falei, deixo de ter certeza, me quebro em milhares de pedaços desconexos, volto a ter muito medo, molho a minha coragem até ela amolecer.

Desculpe.

Você não percebe.

Tem dias que você me diz sem palavras que sou um desastre.

E eu acredito.

42

Quando Octávia decidiu começar a usar batom, entendi que precisava fazer alguma coisa. Não que eu precisasse de mais uma cor na minha cara ou de um blush. (Eu ri.)

nos demais — eu sei,
qualquer um o sabe —
o coração tem domicílio
no peito.
comigo
a anatomia ficou louca.
sou todo coração
em todas as partes palpita.

    Vladimir Maiakovski

43

Em 1853, o mundo já existia. Soube disso porque o Jorge Luis Borges falou em uma entrevista publicada em uma revista que comprei porque ensinava a esconder cicatrizes de queimadura. Conhecia o Borges de outros carnavais, infinitas vezes ele passou tardes conversando com o pai ali na livraria, nunca me olhou com espanto, assombro ou maravilha. Eu servia o café, ele dizia *gracias, niña* e continuava *hablando*. Achei que era um alquimista, mas lendo a matéria soube que era escritor, o que é a mesma coisa, afinal. Ele enfim contou sobre degoladores que foram presos por crimes de guerra, um ano após o fim de uma batalha de cujo nome não me lembro e pouco importa, quem quer saber nome de brigas coletivas em que homens se matam porque alguém os convenceu de que existe algo capaz de justificar que as tuas mãos impeçam alguém de acordar amanhã ou envelhecer ouvindo rádio enquanto suspira? O fato é que tais degoladores foram presos e condenados a um fuzilamento. Na ida para o local da morte anunciada, um deles pediu agulha e linha e, durante o trajeto, fez a bainha da calça que vestia. Fez isso porque sabia que algumas das pessoas fuziladas eram penduradas para servir de exemplo, e, quando as calças estavam sem bainha, ficavam largas demais. E ele queria fazer boa figura quando ficasse pendurado.

A preocupação do degolador com o olhar das outras pessoas sobre seu corpo sem vida me causou uma febre que demorou três dias e duas convulsões pra passar. Antes de me deitar, joguei fora a revista; eu nunca tinha me queimado.

44

Restos de pesadelo não me guiam.
   (Tomara.)

45

Assumo o risco.

Falei pra diretora da escola sem que a minha voz demonstrasse qualquer ruído de medo. Minha ideia era subir no palco do salão nobre, no dia em que as turmas eram reunidas pra travessia de um turno pro outro. Uma espécie de formatura. Passar da tarde pra manhã era não mais precisar fazer fila pra entrar na sala, ter música no intervalo, que, aliás, nunca mais poderia ser chamado de recreio, ter professoras com um nome que não começava com tia, aulas com mapas e professores homens, fumar atrás das árvores que abraçavam o muro dos fundos.

Antes de ir embora, eu queria me jogar de um trampolim sem rede de segurança e eu precisava de autorização pra usar o trampolim. O circo não era meu, embora eu tivesse ficado anos a serviço dele.

A diretora, que se chamava Rósalinda — assim mesmo, com acento no ó, as duas palavras juntas, coisa que tirava o charme do nome, mas ela merecia —, disse um sim meio pra dentro, não sem antes tentar me convencer de que era uma humilhação. Como se tudo que tivesse me acontecido ali dentro durante todos aqueles anos não tivesse sido. Ou ela pensa que me esqueci da professora que passou álcool nas mãos depois de tocar sem querer no meu rosto, dos apelidos sem imaginação, dos cochichos nas reuniões de pais às quais só iam as mães e nós duas, porque eram sempre no meio da manhã e o pai não podia fechar a livraria? Provavelmente ela achava que não. Quem nunca cortou o dedo da mão na lâmina afiada de uma folha de papel é incapaz de saber que papel corta. E que as pontas dos dedos têm mais células sensoriais, do tipo que emite sinais da dor, que todo resto do corpo.

46

Duas portas, quatro degraus, cento e cinquenta e três crianças e adolescentes, treze professores, uma cortina vermelha, eu. Colocando em prática a pior ideia da minha vida: subir no palco do lugar que tentou me convencer de que não tenho permissão de caminhar pela vida sem ser constantemente lembrada de que não ter a exata mesma aparência de quem está no entorno é a pior coisa que pode acontecer pra um corpo humano.

47

Quando as minhas frases começaram a avançar, nasceram asas nas minhas costas. Acredito que tenha sido esse o motivo para o silêncio ensurdecedor daquelas cadeiras diante de mim. Algumas delas tinham três ou mais refeições diárias, cama, coberta, teto, canetinha colorida e, mesmo assim, haviam sido abandonadas à própria sorte, eram emocionalmente miseráveis e não digo isso de um lugar superior, tampouco de uma cadeira de juíza, falo do ponto de vista de quem precisou silenciar por sobrevivência e, no silêncio, aprendeu a observar o que não é visível ao ser visto, coisas como o pavor de não conseguir se misturar na multidão a ponto de um alguém qualquer perceber que a voz treme, as mãos suam, as costas têm verrugas parecidas com águas-vivas, não existe brilho no sorriso, os dedos têm pelos, o peito é completamente oco porque ninguém se deu ao trabalho de plantar nada ali, afinal, existe quem queira ter filhos só pra ver a si fazendo outras coisas e então não se dá ao trabalho de ensinar o que poderia ser bastante útil: pensar pela própria cabeça, dar nome ao que se sente, não permitir que sua voz seja eco de outras palavras.

48

Quando você fala que me odeia eu tenho vontade de perguntar quem te ensinou o que é ódio.

49

Fenômeno vascular.

Parece o nome de uma música e é uma das coisas que eu tenho em mim. Tenho também dois ouvidos que amam samba, risadinha de criança, barulho de chuva, mãos que desenham e fazem cafuné, pés que não gostam muito de sapato, um céu da boca que dança quando acerto no chocolate quente. Não tenho dor alguma no rosto ou na cabeça, respiro sem a menor dificuldade e a minha única questão física é que não posso tomar sol direto na cabeça porque corro o risco de ter hemorragia no nariz — o que não é nada de mais, é só sangue. Odeio que perguntem o que aconteceu comigo porque não aconteceu nada comigo e quem me olha com pena me deixa com ódio.

50

Que nas mãos de um coração, tuas vulnerabilidades se transformem em estrelas, não em munição.

51

Quando levantei a cabeça, fui ovacionada, uma chuva de papel colorido começou a cair na minha cabeça, enquanto as palmas foram escutadas até pela minha mãe, lá no raio que a parta.

Mentira.

Uns sorrisos aqui, meia dúzia de gatos-pingados batendo uma mão na outra, o único barulho vinha das hélices dos ventiladores que espalhavam ar quente. Duas professoras vieram elogiar a minha coragem, usaram palavras imensas de superação, resiliência, agradeci com sinceridade enquanto procurava Octávia pelo salão; o palco já havia sido tomado por crianças vestidas de árvores, será que ela tinha ido embora pra sempre? Se isso tivesse acontecido, então eu finalmente aceitaria que tivessem pena de mim.

52

Todo rosto é um mar. Não tem constância, em segundos é capaz de se tornar irreconhecível de acordo com o que acontece dentro ou fora dele.
    Sabe mentir.
    E não costuma obedecer.

53

Octávia estava sentada embaixo da árvore do ódio, assim chamada porque era o lugar onde todo mundo — eu não fazia parte do mundo em questão, mas enfim era todo mundo — ia falar mal dos professores, da diretora, de sei lá mais quem. O ipê que todos os anos se enchia de flores amarelas não parecia se importar com o apelido e aceitou até o balanço que o professor, outrora apelidado de Telúrico, havia colocado ali.

Ela podia estar voando de um lado pro outro como os movimentos de sístole e diástole de um coração. Seria uma imagem poética, minha irmã gêmea, que não tinha metade da cara coberta por vasos sanguíneos que não podem ser retirados porque um corte impreciso e eles sangram até que a morte chegue, se acalmando depois que eu nos expus. Suas mãos brincavam com meu colarzinho de pérola da lua; anos atrás, Hilda Hilst, que toda semana trocava cartas com o pai e enviava sementes, palavras, versinhos que doíam um pouco, deu um pra cada uma, exatamente iguais. O dela ela tinha vendido pra comprar uma caixa importada de lápis de cor, pelo menos essa foi a desculpa. Eu sabia que ela queria que eu tivesse em mim belezas que fossem só minhas.

54

— Por que você está no chão?
— Nem percebi.
— Você me achou completamente ridícula lá em cima?
— Por que você não me contou que ia fazer aquilo?
— Eu peguei uma coragem que passou voando e subi nela, no impulso.
— Mentira. Rósalinda mantém essa escola imune a impulsos, se você não tivesse autorização, ela ia fechar a cortina na sua cabeça.
— Eu não quero mais me ver através das palavras dessas pessoas, Octávia. Não quero mais me esforçar pra desacreditar que preciso me esconder porque eu não sou igual a elas.
— Eu também não sou.
— Por fora você é, e sabe que é. E tá tudo bem ser, não quero que você não seja. Você acha que eu fui ridícula?
— Um pouco. Essa gente não merecia que você se explicasse.
— Eu não tava me explicando.
— Pareceu.

— Agora já foi.

— Já.

— Vai ser estranho estar sem você na sala de aula.

— Eu já contei, são exatamente vinte e seis passos entre a minha sala e a sua. Se você precisar, eu transformo em seis e faço *tuc* na cabeça de alguém, sem nem desfazer a trança.

— Octávia.

— Hum.

— Alguém riu na plateia?

— Não.

— Então acaba aqui uma possível carreira de comediante.

— Do que você faria piada?

— De qualquer coisa que não tivesse coração.

55

Tem gente que só enxerga o que vê.
    Que vida triste deve ser.

*Amor é a gente querer se abraçar
com um pássaro que voa.*

Guimarães Rosa

56

Quando a realidade não consegue ser racionalmente explicada, um nicho se abre na consciência e o cérebro tenta te fazer entender de algum modo o que está acontecendo. Assim, quando ele entrou na sala de aula eu entendi com cada célula do meu corpo o que sente a massa do bolinho de chuva ao entrar em contato com o óleo fervente que segundos atrás acendeu sozinho um palito de fósforo. Uma quentura lava se alastra pelo sangue, alguma coisa explode e você passa a ser outra coisa — embora continue sendo quem é.

57

Não me entenda mal, mas fiquei quase duas horas me perguntando o que tinha acontecido, o que existia naquele homem? Era um qualquer, exatamente igual a todos os outros da mesma idade que eu já tinha visto. Quase da minha altura, barba ralinha, como se os pelos tivessem nascido ontem pela primeira vez, os ombros meio caídos, parecia que carregavam um peso que os mantinha bastante abaixo do pescoço. Quando ele ria, a boca fazia com que a bochechas subissem e fechassem os olhos, as fileiras de dentes cor de amêndoa crua apareciam sem medo algum, muitas vezes, e os cabelos eram ondinhas, tinham vida própria, chegavam até o começo das costas e pareciam querer continuar.

No sinal do intervalo parei de ser louca e lembrei que a turma de Octávia tinha ido fazer uma viagem qualquer, então peguei meu livro, o bolo que o pai fez com a receita enviada pela Adélia Prado, embrulhado em um papel de seda da livraria — o que não era exatamente higiênico, mas tampouco devia matar —, passei pela janela da sala dos professores, roubei uma xícara de café e me sentei no banco de concreto que — por ideia do professor Telúrico — exibia assinaturas, palavrões e outras marcas humanas. Estava em segurança, ninguém ia se dar ao trabalho de ir até ali soltar peidos fedorentos pra testar se eu sentia cheiro ou me chamar de fenômeno vascular do inferno, flor cadáver, naquele turno os apelidos estavam mais elaborados.

O vento minuano de julho trouxe com ele aquela voz meio chiada. Deixei o livro em silêncio, pude ouvir ele falando assuntos aparentemente desconexos, como o fato de que passava bucha vegetal na cara durante o banho, remava canoas azuis em águas escarlate, dormia em qualquer lugar, tinha herdado do avô um anel dourado.

Não percebi o café esfriando, esfarelei o bolo com a ponta dos dedos, tive a impressão de que eu não saberia voltar pra sala, não seria mais capaz de dizer o nome das amendoeiras da praça, que aos seis anos, durante nossos passeios noturnos, batizei com água benta da missa, senti cócegas na sola dos pés, como se estivesse pisando na areia da praia, onde até então eu jamais tinha pisado.

❧ ❧ ❧

Quando passamos um pelo outro no corredor, percebi que ele tinha perfume de montanha-russa. Então ouvi alguma coisa dentro de mim dizer "que saudade eu tava".

58

Será assim endoidecer?

59

Me ensinaram que a percepção de luz altera a compreensão de beleza ou feiura, que ninguém consegue sentir a nossa dor, seja ela física ou emocional, que todo ser humano é meio quebrado, que sentir é uma força, que eu poderia desistir, que era melhor ser forte, que emoções não são sentimentos, que posso transformar meus vendavais em arco-íris, que eu devia fazer o impossível pra não perder a ternura.

Ninguém me ensinou a me amar.

60

— Verdade que o seu rosto fica azul?
— Não.
— Desculpe perguntar.
— É que ele não fica azul, fica roxo. Quando eu era criança, ficava rosa também, mas agora é sempre assim, vermelho ou roxo. Roxo parece azul, né?
— Depende do céu.
Tudo em mim sorriu.
— Você se importa se eu perguntar por que isso acontece?
— Isso já é uma pergunta.
— Verdade. Me desculpe.
— Tudo bem. Depende da temperatura, se meu corpo aquece ou esfria, ela muda de cor.
— Você está com frio agora?
— Também.
— Também? É uma resposta esquisita.
— Eu sou bem esquisita.
— Eu não achei.
— Duvido muito.
— Nunca tinha visto um rosto que mudasse de cor, mas é muito legal.

— Eu também acho.

— E por que você deixa falarem daquele jeito com você?

— Eles não me pedem permissão.

A bibliotecária avisou que ia fechar as portas em cinco minutos. Ele piscou e eu me assustei, era a primeira vez que alguém fora do meu minúsculo círculo de convívio me olhava assim, fixamente, sem fazer cara de nojo ou de pena. Ele sorriu e eu sorri também, sem baixar a cabeça. Juntei minhas coisas e vi que ele tinha pegado um livro sobre fotografia, pensei em perguntar o porquê, na verdade eu queria saber o que ele pensava sobre o infinito, se tava gostando do frio, se tinha remos pendurados em alguma parede, por que não cortava o cabelo, no que ele pensava quando fingia que estava escutando as outras pessoas.

— Tchau.

— Quando o seu rosto for mudar de cor, me avisa?

61

Você já rezou pra ser amada por alguém?

62

No momento em que ele perguntou se podia tocar no meu rosto, não consegui sair correndo; meus pés grudaram no chão como se de súbito tivessem criado raízes ligadas ao centro da Terra, eu disse sim ou qualquer outra coisa que possa significar um sim, ele andou dois passos, baixou um pouco, as ondas do cabelo tocaram nos meus cílios, a pontinha dos dedos encostou na linha onde acaba o cabelo e foi deslizando devagar, como se eu fosse um filhote de passarinho, talvez eu fosse, meu corpo acendeu como um parque de diversões transformado em caixinha de música.

É macio.

Eu sorri diante do que me era tão óbvio e, ao mesmo tempo, tão absurdo pra qualquer um.

63

Quanto tempo dura um sonho?

64

Enquanto as horas passavam com a mesma velocidade de sempre — segundos parecendo dias, minutos, meses —, as palavras se encontravam com os gestos. Na sala de aula, debaixo da árvore do ódio, no meu banco, na volta pra casa. Ele me olhava de perto, sem desviar. Dizia que o que o bolo da Adélia tinha gosto de nuvem, perguntava o que eu tinha sonhado e não se espantava com relatos de mergulhos em jardins de flores comestíveis. Mostrei a lista de museus ao redor do mundo que eu queria conhecer pra olhar as pinturas que mostram pessoas, ele quis saber por que pessoas, eu contei que sempre amei ver pessoas. As mudanças de expressão que modificam as formas do rosto, o jeito que o sentimento tinge as bochechas, as decisões sobre o que fazer com os braços. Como ele sorriu daquele jeito que fazia os olhos ficarem pequeninhos no rosto, falei também do furo que fiz no chão do segundo andar da livraria, pra poder observar essas minúcias sem causar susto em ninguém ou aumentar a fofoca de que sou uma bruxa que faz os dentes caírem. Quando terminei de falar, cobri a boca com as mãos, assombrada com o meu excesso de sinceridade. Ele gargalhou com gosto, a cabeça jogada pra trás, a barriga se mexendo. Foi um riso que me convidou pra rir junto e só percebi que ele me abraçou quando ouvi o mar. Encostar a cabeça no peito dele era como encostar o ouvido em uma concha. Sabe?

65

O meu?
　　Meu coração diz teu nome.

66

Ele me contava coisas que pareciam inventadas. Acordar de madrugada e, de dentro das águas do oceano, ver o sol amanhecer devagarinho, modificando as marés, aquecendo a temperatura das águas. Uma pedra maior que o medo que se deixava riscar pelas ondas e as chuvas, formando desenhos que talvez fossem palavras, um minúsculo oásis de amendoeiras que tinha brisa própria, tartarugas maiores que janelas nadando pertinho de canoas, remos que apostavam corrida com ventos, ruas que sempre acabavam na areia. Enquanto ele falava, alguma coisa esculpia seus detalhes dentro de mim. Se eu soubesse a trabalheira que ia ter pra quebrar tudo aquilo, teria ido embora.

Juro que teria.

(Mentira.)

67

Enquanto eu permitia que minhas fragilidades fossem validadas por um homem que eu não sabia exatamente quem era, minha pele endoidecia. Arrepios fora de contexto percorriam a espinha quando ele contava sobre o casal que se transformou em pedra no meio do oceano, todos os pelos do corpo ficavam imediatamente estáticos no exato instante em que ele tocava sem querer nos meus braços. Eu estava ali, mas também estava flutuando, sem medo de subestimar a minha capacidade de sentir muito. Será que demora pra gente começar a amar alguém pra sempre?

68

Um corpo amado se movimenta com uma velocidade felina, o entorno caminha, reage, corre e ele para as partículas no ar, escuta com a ponta da língua, gosta que saibam, não esconde a satisfação de não ser mais como os outros corpos, meros amontoados de células que não pulsam com o som de uma voz, não duvidam do cérebro, não gargalham quando ele diz que o pensamento é mais urgente, importante, real do que o sentimento.

Um corpo que ama faz carícias nas palavras antes de falar e ouve estrelas quebrando dentro de si. O tempo todo.

69

Sempre fui boa em ler pensamentos. Nunca foi preciso dizer coitadinha dela, será que ela sabe falar, será que ela raciocina, será que ela entende o que estou dizendo ou qualquer outra coisa equivalente. Diante de mim, o que era pensando era dito, mesmo sem verbo.

Nunca foi assim com ele.

Vai ver foi por isso que eu acreditei no que eu sentia.

70

Antes de entrar no coração de alguém, é preciso tirar os sapatos, passar as mãos na sola dos pés para afastar pedrinhas, poeiras, pedacinhos de algo, estilhaços de vidro.
 Porque quando se vai embora, o que se levou fica lá. E é verdade que um imperceptível grão se transforma em pérola. Mas, até que aconteça, a ostra sente muita dor.

71

Octávia voltou lambida pelo sol. O vestido branco de cambraia de algodão enlarguecia os dias de praia pelos seus ombros, o nariz estava coberto de minúsculas sardas, ela tinha furado as duas orelhas e exibia brincos de búzios. O cabelo estava repartido ao meio e não de lado como a mãe tinha definido que seria. Foi a primeira vez na vida que eu me senti parecida com ela.

72

Nós duas passamos a noite inteira conversando na janela da cozinha onde nascemos pela primeira vez. Ouvi sobre os quatro cadernos preenchidos com desenhos feitos com carvão, a insolação do professor Telúrico se transformando em uma noite em que ele tinha dormido sentado e todos eles tinham amanhecido na varanda, com as luzes apagadas, sonhando em voz alta, pedi pra ela me contar oito vezes a parte em que tinha se transformado em uma explosão de fogos de artifício quando sentiu seu lábio encostando em outro, que era tão macio quanto o dela e entendi que anatômica e fisiologicamente é possível respirar enquanto se é beijada.

Descrevi em pormenores meu particular ciclone emocional enquanto Octávia me interrompia aos berros, fazia perguntas, queria saber; eu não tinha tantas respostas, então dividia com ela as sensações e os quereres, as manhãs em que chorei porque percebia alegriazinhas me percorrerem como salamandras de fogo e açúcar, todos os momentos em que sorri pros espelhos feitos de areia do deserto que rodeavam os cômodos da nossa casa.

Não consegui dizer que estava catalogando todos aqueles novos jeitos de sentir no verso do caderno dos xingamentos, que ela havia rasgado em três pedaços e eu colei enquanto ela dormia.

Ouvindo hoje, dentro de mim, essa nossa conversa, percebo que nossas vozes estavam sem ecos de dores que nem eram nossas, estávamos sendo o que viemos pra ser: mulheres do tamanho de seus corações, não de seus medos.

73

As janelas da sala estavam abertas, assim como eu. Minutos antes, na entrada, jurei de dedinho que no intervalo iria com ele até o banco de concreto e implorei que ela não o enchesse de perguntas, tampouco desse risadinhas bestas, me olhando com o canto dos olhos. Ela prometeu enquanto dava a tal risadinha, ameacei voltar pra casa, ela revirou os olhos, me chamou de chata, a gente bateu uma bunda na outra e cada uma foi pro seu corredor.

Como a primeira aula estava atrasada, as pessoas se dispersaram conversando, lixando unha, tomando café, dormindo em cima dos braços. No fundo da sala, um grupo tinha se formado, reconheci ele pelas ondas do cabelo caindo pelas costas, suspirei bem baixinho e sorri como tantas vezes, olhando pra baixo.

O assunto ganhou ares de deboche, dava pra ouvir as gargalhadas e em centésimos de segundos meu estômago se contraiu, como se quisesse me lembrar de que aquele som metálico da maldade com o qual eu havia convivido diariamente a vida inteira estava ali. Solto no ar.

❧ ❧ ❧

Respirei infinitas vezes enquanto limpava uma sujeira imaginária debaixo das minhas unhas, comecei a me concentrar em coisinhas miúdas que me faziam bem. Eu fazia isso nos momentos em que não podia deixar minhas lágrimas se derramarem; meu queixo estava tremendo, pão quentinho, a poltrona da livraria, acertar o traço, lembrar a palavra, filhotes de coruja, cachorrinhos caramelo, os cavalos que foram vestidos com blusões de lã coloridos no inverno, Octávia fazendo xixi na calça de tanto rir, a castanha água da cachoeira, piquenique, o beijo que estava prestes a receber e que me faria levantar a perna.

Eu estava quase conseguindo me refugiar nesse mundo de afeto quando a professora entrou trazendo com ela um vendaval de pedidos de desculpas, ordens, os barulhos começaram a se misturar e então escutei aquela voz que tinha desfeito todas as barreiras que por anos eu havia construído em volta do meu coração e aquela voz dizia não saber sobre uma irmã gêmea, igualzinha, jura, de costas não tem como saber quem é quem, de frente é bem fácil, né, metálicas gargalhadas, imagina, se eu fosse namorar com uma delas eu ia namorar a sem mancha.

74

No momento em que aquelas palavras pousaram em mim como se fossem corvos brigando, comecei a ouvir de uma vez só todos os anos até ali. Os apelidos, os xingamentos, os deboches, as piadas, o escárnio, as comparações, tudo. Aos berros, sendo repetido em looping por dentro. Meus batimentos cardíacos se aceleraram como se eu estivesse correndo, a boca secou, o ar parou de entrar nos pulmões e meu peito chorava uma dor que eu nunca tinha sentido.

Morrer deve ser assim.

75

Sem fazer o menor ruído, me levantei e fui pra casa caminhando pelo inferno. Tomei o cuidado de não entrar pela livraria, sentei no chão e molhei o deserto do Saara inteiro.

76

Aquela frase foi entendida como abre-te sésamo pelas comportas que mantinham presas todas as minhas mágoas, e aquela água má estava me sujando inteira porque era verdade, sempre foi verdade, não importava ser gentil, escrever cartas de aniversário lembrando todas as qualidades da pessoa dona do dia, só sair levando comigo um saquinho com ração pra alimentar algum bichinho com fome, ter um ouvido que gosta de sua função e um ombro bom de chorar. Grandes coisas conseguir desenhar plantinhas em distintos tons, ensinar o cachorro a não pisar em formigas, reconhecer constelações, fazer criança rir e escolher não ser capaz de cultivar ódio.

Nada do que sei, posso ou tenho me faz ser digna de ser amada.

77

Essa certeza nem era minha.

Mesmo assim ela me fez acreditar.

O que todo mundo vê quando me olha invalida o que sou.

Por quê?

78

Rita de Cássia só conseguiu sair da sala horas depois. Entrou sem pedir licença, pegou Octávia pelo braço, disse vem cá, falou isso e aquilo e segurou ela contra uma parede, pra que não fosse fazer *tuc* na cabeça de ninguém.

    Ela entrou pela livraria, berrando, o pai baixou o portão de ferro, eles me encontraram sentada no mesmo lugar. Não, eu não queria falar, sim, eu queria ficar no escuro, não, eu não queria fazer uma queixa, sim, eu sabia que era forte.

79

Na escuridão, a luz decide o que a gente pode ver ou não. O problema é que quando a escuridão é do lado de dentro, só quem pode acender a luz somos nós.

80

As gotas de chuva pesavam toneladas. Abriam feridas na terra, as plantas sucumbiam exaustas. Os primeiros a desistir foram os girassóis. Depois as rosas amarelas colombianas que o pai tinha plantado no dia em que nós completamos um ano e a mãe estava tentando importar uma máquina de laser pra apagar de mim o que a incomodava. Os lírios aguentaram algumas horas, as azaleias desbotaram sem lutar, a grama não conseguia mais beber água, os sapos que ali viviam desde que eram girinos subiram nas árvores que estavam realmente exaustas de balançar, o vento quebrava galhos centenários como se fossem gravetos e tudo que eu conhecia tão bem desmoronava diante dos meus olhos. No teto que eu não conseguia parar de olhar.

81

Não ser digna de ser amada me faz digna de quê? Eu me perguntava mesmo que a minha voz não saísse mais, há quantos anos, dias, semanas eu estava ali dentro, me convencendo de algo que tinha me custado a vida toda não acreditar? Meu corpo continuava a sentir a mesma falta de ar, boca seca, coração pulando pra fora. Pra onde ele iria? Pra onde vai um coração que vive dentro de um corpo que tira dele toda possibilidade de amor? Os berros de Octávia pra que eu me levantasse, as detalhadas ideias de vingança de Rita de Cássia, as olheiras do pai, nada me fazia parar de repetir à exaustão todos os meus passos, de pensar no que eu poderia ter feito de diferente, em que momento eu poderia ter percebido que aquele homem seria capaz de me retorcer com as mãos. Quando eu conseguia levantar, os espelhos me lembravam por que eu não podia sair dali, era fácil ver como eu era inadequada, não pertencente, o que tinha de errado comigo. Era como se meus ossos estivessem sendo constantemente quebrados, reconstruídos, quebrados novamente.

82

Por que é tão fácil acreditar no que nos destrói?

83

As horas me importavam pouco. Era sempre noite no meu lado de dentro. Aprendi a caminhar encurvada como se a minha cabeça tivesse perdido a capacidade de ficar segura em cima do pescoço. E passei a não querer. Rasguei todas as minhas listas de quereres, que por anos desenhei com lápis de cor nos meus cadernos de folhas amarelas e que incluíam aprender a fazer bolhas de sabão, pintar capas de livros, descobrir como é ser olhada com desejo e me sentir como a massa do bolinho de chuva ao ser colocada no óleo que acendeu o fósforo. Eu não queria mais nada daquilo, só voltar no tempo em que eu não sabia que algumas pessoas carregam o mar dentro de si.

84

Octávia abria as janelas e eu as fechava com uma rapidez que sequer combinava com a letargia de todos os meus outros movimentos. Ela arrombou tantas vezes a porta do nosso quarto que o pai decidiu não colocar mais porta alguma. O que não mudou em nada a certeza de que eu estava trancada em algum lugar dentro de mim. Porque aquele desprezo específico acordou todos os outros e comecei a dar razão a eles. Que audácia era aquela de acreditar que eu poderia não ser perfeita como todas as outras pessoas? Quem foi que disse que era permitido gente como eu sonhar em ser amada? Como foi que eu pude acreditar em uma médica chamada Alegria?

85

Você já desaprendeu a rir?

86

Não sei por onde a gente começa a esquecer. Se a primeira coisa que some de alguém dentro de nós é o tom da voz, o jeito de dizer sim, a maneira como a pele reage ao toque. Talvez seja diferente pra cada pessoa, quem sabe exista quem simplesmente pare de ver o outro dentro de si, quem esconda todos os vestígios em uma caixinha, quem faça questão de ir esquecendo, assim mesmo no gerúndio — hoje vou apagar daqui a pontinha das unhas que faziam cócegas nas minhas mãos, o abraço que parecia ser a minha casa, o arrepio do couro cabeludo ao receber meu cafuné, o modo que movimentava as mãos ao contar uma história, o chiar que vem com a fala da palavra contexto. Por anos achei que não era capaz de esquecer. Hoje não lembrei. Só não sei porque parece que moro na beira da praia. Tá ouvindo o mar?

87

— É um completo absurdo você não ir ao casamento da Rita de Cássia.

— Eu não fui ao aniversário, Octávia.

— Óbvio que não é a mesma coisa.

— Em teoria, sim, um casamento é uma festa.

— Se você usasse as suas ironias pra debochar de quem merece, não tava aqui.

— Não tô aqui por ninguém, Octávia.

— Tá sim. Tá aqui porque tá se escondendo do que gente lixo pode ou não dizer.

— Tô aqui porque fiquei cansada, Octávia.

— Para de dizer meu nome.

— Por quê?

— Porque me irrita. Como assim cansada?

— Exausta.

— De quê?

— De não ser suficiente pra ser normal, pra ser amada.

—Você é amada.

—Você entendeu.

— Mas é que aquele cara, ele…

— Octávia, desculpe, foda-se, Octávia, aquele cara só abriu uma torneira velha, foi a água suja que veio com ela que me...

— ... encharcou de medo.

— Pode ser. Eu preciso de mais um tempo.

— Quanto tempo? Me fala quanto tempo, que tempo é esse, como você mede o tempo? Já tem até telefone nessa casa.

— Eu gosto de falar no telefone.

— Eu queria te mostrar a fachada da livraria, o prédio francês que construíram ali no centro, as luzinhas da rodoviária.

— Mas eu conheço.

— Não, você nunca viu. Ouvir como é, é muito diferente de ver, você sempre amou ver tudo, sempre amou querer ver tudo, sentir tudo.

— Ainda amo ver, mas eu tenho muito medo de que me vejam.

— Como você se vê?

— Ninguém me enxerga como eu me vejo, Octávia, você sabe que não.

— Eu vejo você.

— Eu também amo você.

88

Eu me levantei sem perceber. Uma manhã fui até a cozinha, queria fazer um café na prensa francesa que tinha sido da minha mãe, quando me aproximei das chamas do fogão e precisei largar tudo e procurar um lápis. Achei um dos últimos que o pai tinha deixado apontado na caneca da mesinha da sala e usei pra prender meu cabelo em um coque no alto da cabeça, não fosse isso, eles pegariam fogo. Há quanto tempo estavam daquele tamanho? Pensei em perguntar pra Octávia, mas no porta-retratos em que ela sorria seus cabelos estavam do tamanho dos meus. Ontem ou quando? Café pronto, me olhei no deserto do Saara e, por alguns segundos que podiam ter sido décadas, gostei. Os feixes de luz conseguiam atravessar as frestas da janela por onde o sol teimava em entrar todos os dias, pontualmente, às onze horas, e deixavam meus olhos da cor de chocolate derretido com o calor da ponta dos dedos. Um tufinho branco nos cílios esquerdos parecia um pinguinho de tinta que, a qualquer momento, podia tocar a mancha e aquarelar um pouco aquele tom rosa pink que só as flores conseguem ter. Meus lábios continuavam vermelhos, as manchinhas que o sol espalhou pelos meus ombros, meu colo, meus braços seguem aqui, imitando constelações ou cadernos onde desenhos se escondem em pontilhados.

    Juntando tudo dá uma beleza.

    Olha bem.

89

Não sou esse pedaço que eu detesto.

Nem esse aqui, de que gosto.

Quando tenho sono, o brilho dos meus olhos é substituído por veias vermelhas que parecem caminhos feitos por lavas de vulcão.

As dobras dos dedos das minhas mãos são iguais àquelas ondulações que o vento faz na areia.

Meu rosto tem uma penugem visível. Como os pêssegos.

Minha pele tem pontos ásperos, tocar ali é como sentir conchinhas de madrepérola.

Meu corpo tem cores variadas, texturas que se modificam, coisas iguais que são muito diferentes.

E só eu sou assim.

Sabe?

Só eu.

Sou assim.

No mundo.

Preciso me desculpar por ter demorado tanto tempo pra conseguir entender.

90

No instante em que pensei "talvez o que eu veja seja suficiente pra que eu possa saber quem sou", Octávia entrou no quarto com um martelo e não foram os braços, foi a alma dela que me pôs de pé. Berrando.

Não adiantou dizer que você sobreviveu a vendavais muito piores, que quatrocentas e quarenta mil vezes eu te vi apontar coisas bonitas na aparência das pessoas, inclusive naquelas que diziam coisas tão horríveis e eu ficava com ódio e você me dizia "se machuca mais quem está ferindo" e emendava me explicando de novo e mais uma vez que devia ser triste demais ser só uma casca de sangue e carne, que as expectativas alheias eram prisões, gaiolas e você passarinha que muda de cor, que cicatrizes são frases escritas em braile porque é só assim que as pessoas conseguem nos ler, mas não adianta dizer porque sei lá você acreditou que o amor da sua vida era alguém capaz de um gesto tão feio que fez com que toda a sua pele se transformasse em ouvido só pra escutar melhor as mentiras que foram ditas por gente que nem sabe quem é.

E então você ficou aí faz o que, uns noventa e oito anos? Se repetindo que se alguém pudesse escolher não escolheria jamais você, que características são defeitos, que a beleza só existe no óbvio, que alguém é capaz de decidir o que você pensa sobre quem você é, ou pior, pode determinar o que você enxerga quando se vê. Eu sei que dói e não posso prometer que nunca mais vai machucar, mesmo assim, vamos aproveitar esse agora em que você duvidou por um segundo de todas essas certezas que jamais foram suas, não hesita, pega aqui esse martelo, descobre se esses vidros que a gente herdou são mesmo de areia. Quebra agora os espelhos que não teus.

91

Você ouviu?

Ajusto-me a mim, não ao mundo.

Anaïs Nin

Digo "gracias, corazón"

Para Camila Perlingeiro, minha primeira editora, que quando me viu transbordar em palavras muitas disse com amor: vai, tu nasceu pro mar. Que sorte a minha ter começado com teu abraço, xuxu. Para a turma Júpiter: Nanda Carneiro, Mário Mendes, Gabi Figueiredo, Tati Barbosa, Adriana Braga, Dimas Augusto, Ana Luíza Vastag, Débora Stauffer e Teté. Pela confiança nos meus desmanuais da escrita, por todas as noites de aula em que vocês escutaram de olhos fechados trechos do que agora é livro, pela preciosa leitura. Para Rita Wainer, que de muitos jeitos e incontáveis maneiras me fez entender: escrever é meu estandarte. Como é bonito te ver sendo a artista de imensa grandeza que tu és, rainha das sereias. Para Paola Oliveira, que tão generosamente recebeu este livro em seu coração e com palavras banhadas em boniteza e mel teceu um voador tapete vermelho para que toda gente possa chegar. Para Fabrício Andrade, pela ponte ladrilhada "com pedrinhas, com pedrinhas de brilhante". Para Lilian Lima e Carol Mascia, por pegar este original nas mãos e me devolver com comentários que derramaram estrelas de meus olhos. Também pelos cafés da manhã que tantas vezes me salvaram de dragões. Para Isabel Allende, que me mostrou para onde vão os fantasmas de infância, onde reside a candura, como se costura um coração, de que modo é possível sonhar palavras, qual é a linguagem do amor, em que ponto do texto fazer carícias em que lê. Também para Caio Fernando Abreu, que me ensinou a escrever com palavras não usadas em missas, sentimento fagocitando a racionalidade, luzes acendidas para minúcias demasiadamente humanas. Para Ana Lima, libriana feita de sentir e coragens, que desde o primeiro café apostou nesta história e me recebeu na Rocco com portas, janelas e coração aberto. E, sobretudo, para ti que no exato agora termina a leitura de uma história feita de acontecimentos sentidos. Tomara que tudo aqui tenha te feito bem.

    Que sejam derramadas estrelas cadentes em teus sonhos.

Impressão e Acabamento:
BARTIRA GRÁFICA